NARRATORI MODERNI

Dello stesso autore in edizione Garzanti:

Una finestra vistalago
La signorina Tecla Manzi
Un amore di zitella
La figlia del podestà
Il procuratore
Olive comprese
Il segreto di Ortelia
La modista
Dopo lunga e penosa malattia
Almeno il cappello

ANDREA VITALI

PIANOFORTE VENDESI

Garzanti

Prima edizione: novembre 2009

ISBN 978-88-11-68605-7

Printed in Italy

www.garzantilibri.it

PIANOFORTE VENDESI

«Addio, dolce paese...»

Battuta tratta da un film ispirato alla saga di Peppone e don Camillo, ideata da Giovannino Guareschi.

I personaggi descritti e le situazioni raccontate in questo romanzo sono frutto di fantasia. I luoghi, invece, sono reali.

C'è una sola stella in cielo, per il resto nuvolaglia. Presto sparirà anche quella sola. Però non dà l'idea di voler piovere o nevicare.

Il Pianista scende dal treno che proviene da Sondrio. Una volta sul marciapiede guarda in su. Soltanto allora si rende conto che c'è una sola stella in cielo e per il resto nuvolaglia. Per lui fa lo stesso. L'importante è che ci sia in giro gente, bordello, confusione. È la sera del 5 gennaio 1966, festa dei Re Magi a Bellano. Fiere, feste di paese sono il suo pane. È lì per quello. Mica per la festa. Per il bordello, la confusione. La possibilità di rubare qualcosa, portafogli, orologi. Magari un motorino, vedrà.

Lo chiamano Pianista per via delle mani magre, dita affusolate. Il resto, la scoliosi, il naso a becco, i capelli neri lunghi e unti, non conta. Un ladro si misura dalle mani. Con quelle si sistema le palle ed esce dalla stazione. Alle sue orecchie giungono note diffuse da un altoparlante, la festa sta cominciando. Esce dalla stazione riflettendo che per quella sera i caramba avranno ben altro da pensare che a lui. Quattro passi ed è in paese. L'aria è fredda, pregna di odori forti, vin brûlé e trippa. L'atmosfera è vibrante, finestre illuminate, voci. Si sente che la festa è imminente. Glielo avevano detto che per Bellano quella è una sera particolare, da favola, che attira un sacco di gente. Bene. Sono le sei, il cielo una nuvola unica, quell'unica stella sparita. Il Pianista decide di fare un giro di ispezione prima di tutto. Individuare i luoghi giusti, quelli dove la gente si accalca, si stringe. Dove le sue mani magre, le sue dita affusolate possono avere tutto il comodo di lavorare. Anche quelli isolati, dove si parcheggiano motorini, macchine. In qualche modo dovrà tornare a casa se non gli riuscirà di prendere l'ultimo treno, alle undici. Motorini e macchine non hanno segreti per le sue mani. Una volta fatta la ricognizione s'infilerà in un'osteria: un piatto o due di trippa, un mezzo di rosso, per prepararsi alla notte di lavoro.

Le vie strette del paese, le contrade, budelli, sono un invito per le sue mani. Il Pianista ne annota mentalmente i nomi, via Porta, via Balbiani, via Boldoni.

Via Manzoni, la più lunga. Taglia il vecchio nucleo in due fette. È una sfilata di negozi, antri, portoni. Lì la gente si pesterà i calli fra un po' e il Pianista guadagnerà la giornata.

È a metà della via quando si imbatte nel cartello.

PIANOFORTE VENDESI

Il cartello è attaccato a un portone mezzo aperto. Nel buio oltre il portone si intravede un corridoio. A metà trema la luce di un lumino da morto. Il Pianista sorride.

Pianoforte vendesi, pensa. Sorride. A lui lo chiamano il Pianista.

Perché non «rubasi»?, si dice.

Rubare un pianoforte sarebbe un bel colpo. Non ne ha idea, ma deve valere un mucchio di carte da mille.

E dove se lo mette poi? In tasca? O in spalla?

Guarda il cartello, c'è ancora qualcosa scritto sotto, in piccolo, si avvicina.

«Interessa il pianoforte?»

La voce sorge alle sue spalle. La voce e una nuvoletta alcolica. Si gira. C'è uno dalla faccia rubizza che lo guarda. È in piedi sulla soglia di un negozio, una calzoleria. Ha l'occhio lustro, la festa per lui è già cominciata.

«Se interessa il pianoforte può salire a vederlo», dice quello.

Si qualifica, è il calzolaio, il proprietario del negozio. Dice che ha la delega del padrone del pianoforte.

Che cazzo sia la delega il Pianista non lo sa. Ma capisce che la casa è disabitata.

«C'è anche scritto lì sul cartello», spiega il calzolaio: di rivolgersi a lui, per il pianoforte.

Il Pianista butta un'occhiata sul cartello.

«No, no», risponde.

S'è fermato solo per la coincidenza, lui che lo chiamano il Pianista e lì che vendono il pianoforte. Lo pensa solo, non dice niente, saluta e riprende l'ispezione delle contrade. Un buon posto, pensa, le occasioni non gli mancheranno. Se ci sarà da far bene, anche perdere l'ultimo treno non gli importerà. Aspetterà il primo del mattino, alle cinque, dormirà tutto il giorno dopo.

Sono le sette ormai, sente fame. A stomaco vuoto si lavora male. Anche il paese si è svuotato. La gente torna a casa per la cena, si prepara alla festa. Gli hanno detto che all'osteria del Ponte si mangia bene e si spende poco. La cerca, la trova, entra. I tavoli sono già apparecchiati, tavolate da dieci, quindici.

«Uno solo?» gli chiede una donna arcigna.

Uno solo ma se non c'è posto fa niente, dice il Pianista. Tanto non è quella l'unica osteria del paese.

«C'è», risponde quella. Con la testa gli fa cenno verso un tavolo.

Tavolo d'angolo, c'è altra gente che sta già mangiando. Solitari come lui. Clienti abituali e vedovi che hanno un contratto con l'oste.

«Va bene il piatto tipico», dice il Pianista, purché abbondante.

Gli altri che sono al tavolo con lui salutano appena, poi riprendono il loro discorso. Parlano del tempo. Pioverà, nevicherà, non farà niente. Sul freddo sono tutti d'accordo.

La trippa è buona ma non abbondante come il Pianista avrebbe voluto. Guarda le ore, otto meno un quarto. Ha tutto il tempo per farsene portare un'altra scodella. La chiede.

«Non so se ce n'è ancora», dice l'arcigna.

Dopo nemmeno un minuto è già lì con una scodella fumante di trippa in mano.

Carattere di merda, pensa il Pianista, e si fa portare un altro mezzo di rosso. Va giù che è un piacere. Va giù e sta giù, non gli dà alla testa, condizione ideale per lavorare bene, coraggioso ma non imprudente.

Manda giù la seconda razione di trippa.

«Buona», dice rivolto agli altri commensali.

Gli piacerebbe cacciare quattro balle, tanto per tirare l'orario di lavoro. Lo guardano tutti con cenni affermativi del capo ma nessuno parla. Non parlano nemmeno più tra di loro. Aspettano, chissà cosa. Il Pianista decide di stare sulle sue, sono le otto e un quarto.

«Qualcos'altro?» viene a chiedere l'arcigna.

Un grappino. Ci sta bene. L'arcigna porta la bottiglia della grappa e la lascia sul tavolo assieme a un certo numero di bicchieri. Il Pianista si serve per primo. Una mezza dose, non di più. Poi rutta silenziosamente e si appoggia al muro in attesa che passi una mezz'ora.

Si sente le orecchie e il naso di fuoco. Per le orecchie pazienza. Per il naso gli dispiace. Sa di averlo brutto, deforme. Quando gli diventa rosso per via del freddo o del vino, il suo viso assume un'espressione da maschera, ridicolo. Al suo paese pochi si permettono ormai di prenderlo in giro per via di quella storia. Se lo fanno lui reagisce di brutto. Quelli seduti al tavolo con lui ogni tanto gli lanciano degli sguardi di sbieco, curiosi, quasi increduli. Peggio che se gli dicessero qualcosa. Non può farci niente. Solo aspettare che passi un po' di tempo.

Poco prima delle nove si alza, saluta, paga, esce. La sorpresa lo aspetta sulla soglia dell'osteria. Piove e nevica. Acqua e neve assieme, e tira vento.

Porca troia, mormora il Pianista.

Non per il freddo che gli morde lo stomaco. Immagina come andrà a finire con quel tempo di merda. Ad andare in giro saranno solo ragazzotti che di neve, acqua e freddo se ne fregano, ma senza una lira in tasca. I genitori con i loro bambini se ne staranno in casa a guardare il corteo dalle finestre. In casa con i loro bambini, i loro portafogli, i loro orologi e quant'altro.

Il Pianista guarda i fiocchi di neve cadere. Trema, fa un bel freddo. Tra l'altro è anche poco vestito, ha addosso solo un giubbotto. Ma sul lavoro d'altronde è meglio non avere troppi impicci.

Esce uno di quelli che hanno cenato al suo tavolo. Sigaretta in bocca, all'angolo, non se la toglie nemmeno per parlare.

«In quarant'anni non ho mai visto un tempo così per la festa dei Re Magi. Freddo sempre ma un tempo così mai.»

Il Pianista non dice niente. Quello se ne va scuotendo la testa, gesto che significa festa mezzo rovinata, il Pianista lo capisce.

Suonano le nove. Movimento poco. Il corteo dei Re Magi comincia di lì a un'ora. Fosse stato bel tempo, il Pianista ne è convinto, le strade, la piazza sarebbero già state piene. Lui in mezzo al carnaio, a fingersi un po' ubriaco, a palpeggiare di qua e di là.

Gli viene in mente, ci pensa un attimo, fa un po' di conti. L'ultimo treno alle undici, mancano ancora un paio d'ore.

Perché no?

La casa è vuota, ne è certo. Se quello, il calzolaio ha… come ha detto?, la delega, insomma l'incarico del proprietario, vuol dire che la casa è disabitata. A parte il pianoforte ci sarà senz'altro qualcosa da mettersi in tasca o sotto il giubbotto. Nei cassetti, negli armadi, sotto il materasso, le piastrelle…

Dare un'occhiata non gli costa niente. Meglio che stare lì sulla porta dell'osteria ad aspettare chissà che cosa. Almeno starà all'asciutto. E vedrà come si mettono le cose, su in cielo e giù in strada. Poi, se proprio non ci sarà niente da fare, treno alle undici e via a casa.

Ci pensa ma non si muove. Intanto suonano le campane. Già le dieci, possibile? Guarda l'orologio. Macché, le campane suonano la dirlindana.

Un altro di quelli che hanno cenato al suo tavolo si fa sulla porta.

«È ora di andare a casa», dice.

Come quello di prima parla senza essere interrogato. Prima a tavola nemmeno una parola, adesso tutti hanno qualcosa da dire.

Parla, gli spiega il significato della dirlindana con un alito che sa di grappa: segnale di coprifuoco, dice, inventato dagli austriaci.

«Con una serata così è proprio il caso di andare a casa e addio Re Magi.»

Parte dondolando. Sparisce sotto l'arco che da piazza Cavour porta in via Manzoni. Il Pianista fa passare un paio di minuti poi decide e parte anche lui. Ormai non gli resta molto tempo per fare il sopralluogo. Traversa la piazza, si infila in via Manzoni, arriva davanti alla casa del Pianoforte Vendesi. Il cartello è sempre lì, sorride il Pianista: non hanno ancora trovato da venderlo. Il portone è sempre mezzo aperto, ci si infila, entra nel corridoio, si ferma, guarda, fa un paio di passi. Si ferma ancora, proprio sotto una nicchia dove un lumino da morto illumina una Madonnina. L'ingresso della casa è a metà del corridoio. C'è un cancelletto di ferro con un altro cartello, la stessa scritta «Pianoforte Vendesi», ma in minuscolo. Il cancello è aperto.

Bon, fa il Pianista. Entra. Guarda in su. Due rampe di scale, è davanti alla porta, non ci sono altri appartamenti. Nessuna luce. Ascolta.

Nessun rumore. Cautela, comunque, per via dei vicini e dei dirimpettai.

Trattiene il fiato. Palpeggia la porta, di legno. Ne accarezza la serratura per cercare di capirne il tipo, quale ferro gli servirà per aprirla. Ne ha di tre o quattro tipi nel giubbotto. Maniglia banale, serratura per dilettanti, un gioco da ragazzi, basta abbassare la maniglia e con un ferro qualunque nella toppa la porta si aprirà. Ma è già aperta. Il Pianista se ne accorge quando abbassa la maniglia. La porta si apre.

Ocristo, mormora.

Guarda dentro. Buio. Sta un po' a guardare. Ascolta. Rumori, nessuno.

Come mai la porta è aperta?, gli balla nella mente.

Magari quello, quello rubizzo, il calzolaio che aveva la delega s'è dimenticato di chiuderla, c'è passato sopra, tra un bicchiere e l'altro.

O forse non è chiusa perché non vale la pena chiuderla. Perché non c'è dentro niente, niente da rubare. Tranne, naturalmente, il pianoforte, che a nessuno verrebbe in mente di rubare, tranne che a lui. Ma per scherzo.

Spinge la porta. Le persiane chiuse non lasciano filtrare nemmeno un filo di luce dai lampioni della contrada. Fa un passo, due, si chiude la porta alle spalle. Bisognerebbe essere un gatto per vedere qualcosa. Annusa. Odore di chiuso, di muffa, naftalina. Non ha con sé una torcia, non ha previsto la visita a un appartamento. Nemmeno un fiammifero, non fuma. È una serata storta. Infatti dopo due altri passi va a sbattere contro qualcosa, picchia l'inguine contro uno spigolo. Un dolore bello e buono. Poi un rumore, qualcosa che si rompe.

Il botto che il piccolo vaso fa cadendo per terra ha dell'incredibile. Lo scoppio di una bomba, una mina, una fucilata. Forse era un vaso prezioso. Magari l'oggetto che gli avrebbe risolto la serata della sfortuna per quel tempo di merda che s'è abbattuto sulla festa dei Re Magi.

Magari.

Cos'è quella luce?

Appare all'improvviso. Un filo di luce. Una lama di luce arancione. Filtra da sotto una porta per il resto invisibile. Il Pianista trattiene il respiro. Fa due passi indietro, gli occhi fissi a quella striscia di luce. Un altro passo e crede di essere contro la porta. Allunga la mano, cerca la maniglia. Poi via di corsa, treno alle undici e a casa.

Non è la porta, è finito contro il pianoforte. Allunga la mano, trova la tastiera, il coperchio è aperto. Non riesce a fermare quelle sue lunghe dita da pianista. Il medio cade su un tasto, ne nasce un DO profondo che occupa il silenzio della stanza.

La porta da cui proviene il filo di luce si apre. Diventa un rettangolo di luce arancione. In mezzo una figura di donna.

«Buonasera», dice la donna.

La porta aperta offre lo spaccato di una camera da letto.

«Buonasera», risponde il Pianista.

Sul momento non gli è venuto niente di meglio. Ha risposto tanto per dire qualcosa, vincere la sorpresa, fingere di essere lì per caso, o per sbaglio. Fa anche un mezzo sorriso da persona gentile: gli viene male, è una mezza smorfia, rapida, con la quale il labbro superiore riesce a lambire la punta del naso a becco. Deve tentare di blandire la vecchia e poi cercare di scappare.

La guarda.

Alla filodrammatica del suo paese ne aveva viste di vecchie così. Anche scene così. Vecchie che compaiono nel mezzo del secondo atto. Truccate di cipria. In vestaglia, sorridenti, capelli bianchi. Nonnine che spacciano sempre buoni consigli, risolvono situazioni. Dalla platea non si sente se sono anche profumate. Annusa. Gli entra nel naso un profumo dolciastro, come se la vecchia avesse fatto il bagno nel rosolio. Ascolta. Non ci sono rumori, silenzio totale, compatto. Come se fuori avessero sospeso del tutto la festa, spente le luci, chiuse le osterie. Sicuramente nevica, tanto, ecco il perché del silenzio.

Dice ancora buonasera, giusto per sentire il suono della sua voce, inserire un rumore nel silenzio. Poi si sposta verso la porta, staccandosi dal pianoforte. Non sono ancora le undici, certamente, è ancora in tempo per il treno.

Ma quella: «Siete venuto per il pianoforte?» chiede.

'Catroia, pensa il Pianista.

S'è infilato in un bel guaio con l'idea che la casa fosse vuota. Il calzolaio, l'avesse avuto per le mani! Ma non è colpa di quello, lo sa. Mica glielo aveva detto che la casa era disabitata. Lui se l'era messo in testa. La faccenda della delega, dell'incarico del proprietario l'ha ingannato.

Ma adesso è lì. Deve fare qualcosa per togliersi dal pasticcio. Evitare che la vecchia si allarmi. Che si metta a gridare, si faccia sentire dai vicini, riesca ad avvisare i caramba. Evitare di finire dentro per niente, grazie a una serata di merda che se fosse rimasto a casa…

Gli viene un'idea. Protende verso la donna le mani, le sue belle mani da pianista.

«Sì», dice.

La vecchia accende le luci della stanza. Luci ridicole, lampadine da trenta candele. Il Pianista vede il tavolo dove ha sbattuto, in terra i cocci del vasetto che ha rotto. Con la coda dell'occhio guarda il pianoforte. Poi guarda la vecchia. Gli occhi le sorridono, ha cipria sulle gote, una bocca priva di denti, rughe sulla fronte, tiene le mani incrociate sull'addome. Lui, le sue, le ha ancora protese verso di lei.

«Che belle mani da pianista», dice la donna.

Fa un passo verso di lui.

Ci manca solo che sia matta, pensa il Pianista.

Ma dev'esserlo per forza, senza dubbio. Guardata a vista dal calzolaio che ha la delega del padrone di casa, e dai vicini. Matta, senza parenti, in attesa che salti fuori il posto in qualche ospizio o manicomio. Sotto chiave, anche se quella sera la porta era aperta per colpa del calzolaio e della festa. Le vendevano tutto quello che possedeva per mettere insieme i soldi necessari a pagarle la retta, ospizio o manicomio che sia.

È finito in casa di una matta, pensa il Pianista.

La vecchia fa due passi, poi si china a raccogliere i cocci del vasetto.

«Mi dispiace», dice lui.

Adesso si mette a piangere o a gridare, pensa. Dopodiché interverranno i vicini. O il calzolaio, sempre che ce la faccia a stare in piedi.

«L'ho rotto io, non l'ho fatto apposta...» dice il Pianista, cercando di ingentilire il tono della voce.

Con i matti bisogna andarci piano. Fare i gentili. Miagolare. Lo sa. Anche suo padre verso la fine era andato via con la testa.

«Sono disposto a ripagarlo», butta lì.

E con che soldi?, pensa.

Dopo quelli spesi all'osteria per la cena gli restano in tasca sì e no quelli per il biglietto del treno. Sempre che riesca a prenderlo, perché alle undici non può mancare molto.

Ma quella:

«Figuratevi», dice.

Un oggetto di nessun valore. Nessun valore commerciale. Affettivo, ecco. Il regalo di un antico spasimante.

«Sapete come sono i giovanotti», dice.

Fanno regali. Di tutti i tipi. Spesso però si dimenticano di fare quello più prezioso.

«E già...» fa il Pianista che non capisce niente. Nei discorsi dei matti d'altronde è meglio andare dietro all'onda. Anche con suo padre...

Ma quella:

«Sapete qual è?» chiede.

«Come no», scappa detto al Pianista.

Ma quale sarà?

«Il cuore», dice la vecchia, per fortuna.

I cocci del vasetto sono sul tavolo. La vecchia si porta le mani all'altezza del cuore, sorride. Ha un bel sorriso, nota il Pianista. Un sorriso giovane, che le toglie le rughe. Forse è solo un'illusione dovuta alla cipria. È matta, di sicuro: ma forse è una di quelle matte che non danno i numeri, non gridano, non si agitano. La vecchia continua a sorridere, lo sguardo sembra perso nel vuoto. Forse è una di quelle matte che passano dall'allegria alla rabbia in pochi secondi.

Affari suoi, pensa il Pianista. Per lui s'è fatta l'ora di andare.

«Mi dispiace per il disturbo», butta lì.

Ma quella:

«Nessun disturbo», risponde.

Torna a guardarlo, sempre con quel sorriso affabile.

«È solo che io dovrei andare», tenta il Pianista.

«E il pianoforte?» fa lei.

Già, il pianoforte. Il calzolaio lì non c'entra niente. È stato lui a dire che era lì per quello.

«Il pianoforte...» sospira.

«Sedete», dice la vecchia.

Ci mancherebbe! Sedersi! Fossi matto io, pensa il Pianista.

Rotea gli occhi. La porta a un metro, un metro e mezzo. Calcola. Può prendere su, una volata e sarà fuori dalla casa. Fa i conti, uno, due, tre...

Ma la vecchia si avvicina alla finestra.

Vuole chiamare qualcuno, riflette il Pianista.

Si siede.

«Ci sono certi spifferi», dice la vecchia dopo essersi assicurata che la finestra sia ben chiusa.

E poi:

«Vi piace il mio pianoforte?».

Il Pianista fa sì con la testa.

«Sì», conferma.

«È un bel pianoforte», sussurra la donna.

Per lei è come un figlio, dice. Poi ride.

Come un figlio, ripete. Un po' cresciutello, a dire il vero.

«Quasi settant'anni.»

«Complimenti», dice il Pianista, stupidamente, ma cosa può dire? Si sente di nuovo le orecchie e il naso caldi. Non ha ben capito se i settant'anni li ha la vecchia o il pianoforte.

«I pianoforti non invecchiano mai», dice la donna.

Chi li suona invece sì.

«Provate un po' a indovinare quanti anni ho?» chiede.

Ahi!, pensa il pianista.

Con i matti non si sa mai che risposte dare. Capace che se sbaglia quella s'infuria. Non avrebbe mai dovuto sedersi. Non avrebbe mai dovuto entrare in quella casa.

«Settanta», butta lì.

Come quelli del pianoforte.

Dalla gola della vecchia esce un risolino, inquietante in quel mezzo buio e nel silenzio compatto, nell'assenza totale di rumori da fuori.

«Siete gentile», dice poi. Ma seria.

Adesso dà fuori, pensa il Pianista.

Invece:

«Sono nata nel 1878», dice.

In quella stessa casa. Figlia unica. Suo padre e sua madre l'hanno aspettata per dieci anni. Disperavano ormai di poter avere un figlio. Suo padre era macellaio. Il giorno in cui nacque lui chiuse la bottega, anche se era giovedì. Gli altri commercianti lo criticarono per quel gesto. Lo considerarono un atto di superbia. Passò tutta la giornata a guardarla. Sua madre glielo raccontava sempre.

«Complimenti», dice il Pianista.

È fuori luogo, lo sa. Complimenti per cosa? Ma cos'altro può dire? Potrebbe chiedere che ore sono, quello sì, capire se fa ancora in tempo a prendere il treno delle undici.

«Grazie», dice la vecchia.

E da che è nata, ha sempre abitato lì, aggiunge. Sempre.

«Tranne...»

Si ferma un istante, sospira.

«Ma lasciamo perdere, non vale la pena parlarne», decide.

«Se vuole bere qualcosa...» aggiunge subito.

Se il giovanotto vuole bere qualcosa lo dica. Dopodiché parleranno del pianoforte.

«Ecco, a proposito», fa lui.

Non del bere qualcosa. Del pianoforte. Forse buttandola sull'affare riuscirà a cavarsela senza conseguenze. Prometterà qualunque cifra, nessun acconto, fisserà un appuntamento fasullo.

«Ma come farete a portarlo fuori?» chiede la donna.

Forse da lì?, dice. Indica la finestra. Si alza, vi si avvicina.

«No!» sbotta il Pianista.

Dalla finestra no.

«Allora da sotto?» chiede la vecchia tornando a sedere.

Ma si può ancora passare da lì?

La vecchia china il capo, appoggia il mento

al petto, come se le fosse venuta una botta di sonno. Il Pianista spera che sia così, la lascerà addormentare per bene poi se ne andrà senza far rumore. Aspetta che nel silenzio della stanza si levi il russare morbido e regolare dei vecchi. Intanto approfitta per dare un'occhiata all'orologio. Il vetro è appannato, è entrata acqua prima, andando lì. Se lo avvicina agli occhi, non c'è niente da fare, colpa anche di quella luce da trenta candele. Almeno si sentisse il campanile, ma niente. Ci sarà giù mezzo metro di neve ormai.

«Sapete», sbotta la vecchia.

Non dorme allora.

Sapere cosa?

«Cosa?» chiede il Pianista.

Quel pianoforte è in casa sua esattamente dal 1898.

«Però!» fa il Pianista.

«Esattamente dal giorno del mio ventesimo compleanno», spiega la vecchia.

Glielo aveva regalato suo padre e per farlo salire in casa l'avevano fatto passare da sotto, dalla macelleria.

«Che adesso non c'è più.»

Come tante altre cose.

«Ho capito», fa il Pianista.

«Bei tempi», dice la vecchia.

«Certo», conferma lui.

«Sapeste...»

La volevano tutti a vent'anni. Bella che era. Leggera come un bel sogno. Ma lei era già innamorata. Le era successo a quindici anni. Ai suoi genitori l'aveva però detto quando ne aveva compiuti diciotto, quando era arrivata la prima proposta di matrimonio.

«Proposta di lusso», spiega la vecchia.

Figlio di un industriale della seta.

Ma lei aveva detto di no.

«Perché?» fa il Pianista. Vorrebbe chiudere in fretta quel discorso, chissà dove vuole andare a parare.

Ma gliel'ha già detto, risponde la vecchia, era già innamorata.

«Ah già.»

E vuol sapere di chi?

Di un altro bel giovanotto, ancora più ricco, ancora più affascinante, butta lì il Pianista.

«Macché giovanotti», lo interrompe la vecchia.

Nessun giovanotto nella sua vita. Tanti, anzi, perché la volevano tutti. Ma lei era già innamorata di un'altra cosa.

«Della musica», dice.

Ci siamo, pensa il Pianista, il momento è arrivato.

Si era accorta subito, dice la donna, che nel mondo tutto è musica. Il lago, le montagne, i cieli, le stelle, l'aria, le stagioni. Anche i passi della gente per la strada, anche le parole che si scambiano, e i sorrisi, le strette di mano. Tutto. Una musica. L'aveva sentita verso i quindici anni. S'era innamorata. La musica era diventata il suo unico amore. Si sentiva sposata con lei. Come avrebbe potuto sposare qualcun altro?

«Eh già», fa il Pianista, muovendosi a disagio sulla sedia. Si sente come se fosse finito nella tela di un ragno. Tenta di riportare la vecchia con i piedi per terra, sul discorso d'affari.

«Quindi per il pianoforte...» dice.

«Mio padre», afferma la vecchia.

È stato lui a regalarglielo.

«A vent'anni», sfugge al Pianista.

«Già. Lo sapevate?»

Il Pianista sorride. Gliel'ha detto lei. Ma tace. Guai andare contro i matti.

«Ho tirato a indovinare», mente.

«Bravo», fa la vecchia.

A vent'anni. Dopo l'ennesima proposta di matrimonio che lei ha rifiutato. Sempre bei giovani, eleganti, bei partiti, venuti anche da fuori paese. Ma lei era già sposata.

«Con la musica», mormora il Pianista.

«Suonare», dice la vecchia.

Era il suo sogno. Fare concerti. Andare in giro per il mondo. Suonare la musica che sentiva nella vita, quella del lago, delle stelle, delle montagne, dei passi della gente.

«Ma mio padre...»

Suo padre, no. Non voleva. Figurarsi! Mandare una figlia in giro per il mondo, a fare concerti. Un'idea assurda. Nemmeno a parlarne. E poi, se non sapeva nemmeno suonare! Se non l'aveva neanche mai visto un pianoforte!

Imparerò, ha risposto lei.

Come?, ha chiesto lui.

Da sola, ha ribattuto.

Che le regalasse un pianoforte, e gliel'avrebbe fatto vedere.

A vent'anni. Quando suo padre s'era finalmente convinto che la musica era il suo vero amore e non c'era verso di fargliene sposare un altro...

«Perché non potevo, siete d'accordo?» chiede la vecchia.

Come no?, fa il Pianista.

A vent'anni le ha regalato il pianoforte, quello. Che hanno portato nella stanza facendolo passare dalla macelleria, imbragato, sulle spalle di tre uomini. E lei ha cominciato a studiare. Per giorni e giorni l'ha solamente guardato. Ha guardato i tasti bianchi e neri. Pensando che dentro, dietro, sotto di loro, e nelle sue dita, c'è tutta la musica che sente nel mondo. Li ha guardati per farseli amici. Per far intendere loro che li avrebbe sempre trattati bene. Farsi perdonare in anticipo gli errori che avrebbe commesso.

«Ero solo all'inizio», dice la vecchia.

Per un anno intero, otto ore al giorno di studio, solfeggio. Mai un dito su un tasto. Niente.

Tanto che suo padre, dopo un po' di mesi, è andato a chiederle se per caso le fosse passata la mania del pianoforte e non le fosse venuta invece quella di trovarsi finalmente un marito.

«Vi pare che potessi tradirla?» chiede la vecchia.

Il Pianista si riscuote da una piccola botta di sonno. La voce della vecchia è come una strada tutta curve. Lui l'ha seguita per un po', poi è come se si fosse messo a guardare fuori dal finestrino. Ha inteso la domanda.

«Chi?» chiede.

La vecchia non risponde, sorride, tace ancora.

«Bene», fa allora il Pianista.

Bene, se vogliamo parlare di soldi...

Dentro di sé sorride, che soldi?, che avrà in tasca giusto quelli per il biglietto del treno.

«Oh», fa la vecchia, «se è per quello c'è tempo. In ogni caso non dovete temere, lo strumento è in ottimo stato. L'ho appena fatto accordare. Figuratevi che mi è costato la bellezza di venti lire.»

Il Pianista corruga la fronte. Ha detto venti o ventimila?

«E mai nessuno l'ha usato all'infuori di me», aggiunge la vecchia.

E ormai sono... sono...

Sembra che cerchi qualcosa nell'aria della stanza, il numero degli anni che non lo usa più. Non lo trova.

Erano anni, insomma, che non lo usava più. Non poteva più usarlo.

«Le dita, l'artrosi, sapete...» dice.

Il Pianista fa sì con la testa.

Ma le piacerebbe ascoltare un poco di musica, dice la vecchia.

«Anche adesso.»

Se lui...

«Io?» sobbalza il Pianista.

«Ma no, state tranquillo», fa la vecchia.

Non pretende certo che lui le suoni la sua musica, quella che lei sentiva nel mondo, quella che ha imparato a suonare dopo anni e anni di esercizio solitario. Una musica che non ha mai scritto da nessuna parte, i suoi giorni d'amore che le sgorgavano spontaneamente dalle dita. Quella musica è ormai persa negli anni passati, finita nelle orecchie di suo padre e di sua madre, volata via nell'aria della contrada, sparita negli occhi di quelli che, quando suonava, si fermavano sotto la sua finestra ad ascoltare. Sacrificata sull'altare degli amori terreni che non ha mai voluto per non tradire il suo unico, vero, grande amore.

«Ma magari un valzerino, una mazurchetta. Anche una marcetta militare», fa la vecchia.

Li avrebbe ascoltati volentieri. Anche solo per rompere la monotonia della sua voce, e del silenzio.

«Sentite anche voi, che silenzio?»

Lo sente eccome, risponde il Pianista.

Silenzio di tomba.

Un metro di neve almeno, fuori.

Festa finita ancora prima di cominciare. Nessun colpo messo a segno, treno partito. E, adesso, anche il freddo che dai piedi comincia a risalirgli lungo le gambe.

E quella vuole che si metta a suonare!

Suonata, lei!

Il Pianista rompe gli indugi.

«Io non so suonare», dice, con un po' di cattiveria nella voce.

La vecchia si porta una mano alla bocca.

«Davvero?»

È meravigliata.

«Davvero», conferma lui.

«Peccato», dice la vecchia.

Però ha capito una cosa, ha capito che ha voglia di cominciare.

«A far cosa?» chiede il Pianista.

«A suonare», risponde la vecchia.

Con quelle belle, lunghe, perfette mani da pianista, finalmente ha deciso di imparare a suonare. E lei è estremamente felice che lui abbia scelto il suo pianoforte per imparare.

«D'altronde non è difficile», spiega.

Ci vuole buona volontà, esercizio, tanto esercizio. Non bisogna mai scoraggiarsi.

Nemmeno lei s'è mai scoraggiata. Nemmeno quando i vicini di casa si sono lamentati con i suoi genitori per i continui, estenuanti esercizi che ha fatto per otto, dieci ore tutti i giorni: necessari per arrivare a impadronirsi della tecnica, senza la quale non avrebbe mai potuto esprimere la sua musica.

«Sapeste quante volte si sono lamentati!» dice la vecchia, e le scappa un mezzo sorriso.

E non sempre a torto, ne conviene. Quelle scale, ripetute, ripetute e ripetute...

Però poi, quando è riuscita a imparare, allora anche suo padre, quando saliva dalla macelleria, si sedeva a tavola e le diceva suonami qualcosa. E lei inventava qualcosa per lui. E poi dopo, quando suo padre non c'è più stato, è stata sua madre a dirle suonami qualcosa che anche tuo padre ti ascolta. E ancora, dopo, quando anche sua madre non c'è più stata, è toccato ai vicini dirle suonaci qualcosa che anche tuo padre e tua madre ti sentono.

Lei non ha mai detto no. La musica le usciva dalle dita. Era facile.

«È facile», dice la vecchia alzandosi.

Il Pianista la segue con gli occhi ma non si allarma. Comprende le sue intenzioni. Non si sta dirigendo verso la finestra ma verso il pianoforte.

Così fa, infatti.

«Mi siederò qui», dice.

Prende una sedia e la pone davanti allo strumento.

Le sue povere dita rovinate dall'artrosi, dice, le impediscono di suonare. Non, però, di indicare a lui cosa fare, come muoversi sulla tastiera. Per dimostrargli come sia facile suonare.

«Non bisognerebbe mai lasciare il coperchio alzato», dice. «La polvere entra tra i tasti, si deposita sulle corde, altera il suono. Ricordàtelo!»

Prima lezione, aggiunge sorridendo.

«E adesso sedetevi sullo sgabello», ordina.

Il Pianista guarda le sue belle, lunghe dita da ladro. Le estende per bene. Chissà cosa gli toccherà fare adesso.

«Cominciamo con un valzerino?» chiede la vecchia.

Sempre meglio del silenzio che viene da fuori, pensa il Pianista.

Ma appunto, è solo un pensiero.

Il maresciallo passa la chiamata al brigadiere.

«Va' un po' tu a vedere», dice. «Quelli mangiano e bevono e poi sentono i pianoforti suonare», aggiunge ridendo.

Il brigadiere è alto, bello, magro e scuro di pelle. Non aspetta altro, parte di volata. Ne ha pieni i coglioni di stare lì in caserma a giocare a carte con il superiore. Anche se non gli piace è più bravo di lui. Ma gli tocca lasciarlo vincere quasi sempre, il maresciallo si incazza quando perde.

È a Bellano da due anni, sa che la sera della festa dei Re Magi è sera di casino. Ma casino ordinato. Ubriachi, quanti ne vuoi. Ma a parte quelli niente di particolare.

Sulla soglia della caserma si ferma perché il corteo sta passando proprio in quel momento. Per fortuna ha smesso di piovere e nevicare. Sta lì a guardare i Re Magi che lanciano caramelle a destra e a sinistra. La gente grida e canta. La banda suona un inno un po' malinconico: ma in tutte le feste, ragiona il brigadiere, c'è il presentimento della loro fine. D'altronde quella sera è la vigilia dell'Epifania che, come dice il proverbio, fa piazza pulita.

È ancora lì, sulla soglia del portone quando si sente richiamare dall'alto. Pure il maresciallo si è affacciato per guardare il corteo.

«Che fai?» gli chiede.

«Vado», risponde il brigadiere.

Si avvia pensando a malincuore che al ritorno gli toccherà riprendere in mano le odiate carte da gioco per tirare le due o le tre di notte, quando gli ultimi fuochi della festa saranno spenti.

Via Manzoni 27, famiglia De Santi.

Hanno sentito provenire il suono del pianoforte dall'appartamento vicino, ha detto il maresciallo.

Mazurche, valzerini.

E perché, anziché rompere i coglioni ai carabinieri, non si sono messi a ballare su quei ritmi?

In fondo è una sera di festa, o no?

La famiglia De Santi, due persone, marito e moglie, non è per niente ubriaca, verifica per prima cosa il brigadiere.

Anzi, a quanto pare della festa non gliene frega niente perché si presentano al brigadiere in pigiama e vestaglia da camera.

Il De Santi è un piccoletto, tondo, tutto bianco di capelli, settant'anni all'incirca, con le borse sotto gli occhi, di braccia corte, le maniche della vestaglia rivoltate.

Alla De Santi il brigadiere non riesce a dare un'età: sessanta come settanta. È più alta del marito, si tiene la vestaglia stretta al collo con una mano.

Aspetta che sia il marito a cominciare a parlare poi si inserisce lei. Gli spiegano tutto in quel modo, metà frase il marito metà frase la moglie.

Sono certi di quello che dicono perché abitano lì da vent'anni, da quando i figli, due, si sono sposati e trasferiti a Milano. Il nipote ha chiesto anche a loro se poteva lasciare in deposito le chiavi di casa ma loro si sono rifiutati, non vogliono nessuna responsabilità.

«Quale nipote?» chiede il brigadiere.

Il nipote della signorina Gioietta Ribaldi, la proprietaria del pianoforte, spiegano i due, parlando a una voce sola.

Così le hanno date in consegna al calzolaio, lì di fronte.

«Le chiavi?» chiede il brigadiere.

«Certo», confermano i due in coro.

«Va bene, andrò a vedere», dice il brigadiere. «E scusate il disturbo», aggiunge.

«Nessun disturbo», i due, all'unisono.

Facile, finché la vecchia non si addormenta.

Fino ad allora, facile.

Come se...

Ma troverà qualcuno disposto a credergli?, pensa il Pianista.

Non crede proprio.

Quella è una cosa solo da pensare. E andarci piano anche con il pensiero.

Come se le mani della vecchia fossero entrate nelle sue.

Come se avessero suonato loro, lui gliele avesse solo prestate.

Facile, fino ad allora.

Poi però la vecchia si addormenta. Le casca la testa in avanti, come capita ai vecchi.

Il Pianista se ne accorge perché le sue dita smettono di muoversi come poco prima, come quando lei lo guidava. Smette di suonare. Note a casaccio, invece, stonate.

La guarda, vede che s'è addormentata.

Bon, si dice, e smette di pestare i tasti.

Un improvviso silenzio, il freddo.

Chissà che ore si sono fatte.
Gli scappa anche da pisciare.
Si alza, piano piano. Ci manca che quella si risvegli e ricominci con la storia del pianoforte.
Piano piano raggiunge la porta di casa.
Si gira un momento per dare un'ultima occhiata alla vecchia, se continua a dormire.
Ci manca che proprio sul più bello si risvegli e cominci a gridare.
Ma dorme.
Il Pianista fa un passo fuori dalla porta di casa.
E va a sbattere.

Il Pianista è più basso di dieci centimetri buoni rispetto al brigadiere. Va a sbattere con la punta del suo naso a becco contro il primo bottone della divisa. Bestemmia. Sulle prime non capisce cosa gli è successo. Poi sente una mano che lo prende per il collo. È la mano del brigadiere. Con l'altra il carabiniere tasta il muro alla ricerca di un interruttore. Non ce n'è. Nemmeno lui ha una torcia o un accendino.
«E allora, giovanotto?» fa il brigadiere.
Già un paio di volte il Pianista è finito nelle mani dei carabinieri, dalle parti sue. Una cosa l'ha imparata, bisogna negare, sempre, tutto.

Le prove devono trovarle loro, mica gliele deve dare lui.

«Allora cosa?» chiede. Ma la voce gli trema un po'.

«Cosa ci fai qui?»

Bella domanda, pensa il Pianista.

«Sto uscendo», risponde, tanto per guadagnare tempo.

«Abiti qui?» chiede il brigadiere.

Abitare lì?, pensa il Pianista.

Perché no?

Certo, abitava lì. E bravo carabiniere che mi hai suggerito la risposta giusta da dare.

Abitava lì, e stava uscendo per andare a fare un po' di festa. Mica proibito, no?

«Da quando?» chiede il brigadiere, la mano bella stretta, una tenaglia sul collo del Pianista.

«Eh...» fa il Pianista.

Una settimana, più o meno.

Il brigadiere non molla la presa. Intanto riflette, pensa a quello che gli hanno detto i De Santi. Che non si sono voluti prendere la responsabilità delle chiavi, non hanno voluto impicciarsi degli affari degli altri e via di seguito. Quindi è più che probabile che non ne sappiano più di tanto. Loro hanno sentito suonare il pianoforte e hanno chiamato i carabinieri, punto e basta.

«Nome e cognome», chiede il brigadiere. Non gli viene in mente nient'altro per guadagnare ancora un po' di tempo, decidere cosa fare.

Il Pianista declina nome e cognome. Falsi, tutti e due. Sono quelli di un suo amico, morto un anno prima, incidente in moto.

«Mai sentito», dice il brigadiere.

«Ma se sono qui da poco...» si giustifica il Pianista.

Il brigadiere non riesce a decidere sul da fare.

Il calzolaio, riflette.

Solo lui può chiarirgli le idee. Solo lui può confermargli che nel frattempo la casa è stata affittata a quello scombinato che continua a tenere per il collo.

«Andiamo», dice.

«Dove?» chiede il Pianista.

Andiamo e basta.

Ma si ferma subito.

«Cosa c'è?» chiede il Pianista.

«Non chiudi la porta?»

Il Pianista scrolla le spalle.

«Tanto non c'è niente da rubare», risponde, sicuro.

«E il pianoforte?» sorride il brigadiere.

«Voglio vederli a portarmelo via», fa il Pianista, come se fosse roba davvero sua.

Escono.

Neve nemmeno un centimetro.

Gente che riempie la contrada, che canta e balla.

Fiaschi e bottiglie girano di mano in mano. L'odore di vin brûlé e trippa è ancora più intenso. Il cielo è arancione per i riflessi del falò che è stato acceso sul molo.

Il Pianista rimane di stucco.

«Mai vista una festa?» chiede il brigadiere.

Nell'aria risuona un rintocco di campana.

Che ore sono?

«Dieci e trenta», comunica il brigadiere.

Dieci e trenta? Manca mezz'ora all'ultimo treno. La tentazione è forte. Il brigadiere non gli sembra così duro, nemmeno cattivo. La tentazione di chiedergli di lasciarlo andare, prendere il treno, casa, e via.

Ma gli ha appena detto che abita lì. Si è messo nella merda con le sue stesse mani. Se gli dicesse una cosa del genere quello capirebbe che lo voleva imbrogliare. Comincerebbe a sospettare.

Non si può fare, niente, colpa sua.

Il Pianista tace.

Il brigadiere gli ha tolto la mano dal collo.

«Vieni», dice.

Il calzolaio abita sopra la bottega. Il brigadiere suona al campanello di casa.

Una finestra si apre.

Una donna si affaccia, è la moglie del calzolaio.

«Avrei bisogno di suo marito», dice il brigadiere, alzando un po' la voce.

«Mio marito?» chiede la donna.

Ha un viso pallido, come se si fosse spaventata.

Suo marito sta male, risponde, forse dovrà chiamare il dottore.

Ubriaco da fare spavento. Il calzolaio è salito dalla bottega in casa camminando a quattro zampe sui gradini della scala interna. Giunto in corridoio, senza nemmeno passare per la cucina, senza nemmeno salutare poiché non sarebbe stato in grado di articolare neanche un verso, è arrivato in camera da letto e s'è addormentato. Non sul letto, non ce l'ha fatta a salirci sopra. Sul tappeto. Poi, sua moglie, con l'aiuto di una vicina, è riuscita a infilarlo sotto le coperte. Vestito.

Anche per quest'anno è fatta, ha pensato la donna, celebrata la festa, passata.

È sempre andata così, da che lo conosce, tutti gli anni. Per il resto suo marito va via bello tranquillo, un tesoro. Un bicchiere di vino ogni tanto, quello sì. Ma ubriaco, mai. Solo la sera dei Re Magi.

La sera dei Re Magi gli prende una cosa strana, una fantasia, una frenesia. Lei non sa come spiegarla altrimenti. Ma la conosce bene ormai, sa i discorsi che suo marito fa in quel giorno. Ogni volta lui le dice che quella sera è come l'ultima sera del mondo, del paese. Che se il paese deve morire, morirà in quella sera. Che tutti i morti, quelli di famiglia, ma anche gli altri, quelli antichi e antichissimi, vengono fuori dalle tombe per fare festa: l'ultima festa dell'ultimo giorno di vita del paese. E bevendo li vede e li sente sempre meglio, sempre di più.

Se li ha mai visti o sentiti, quei morti antichi di cui parla, lei non lo può dire perché quando il calzolaio rientra a casa la sera dei Re Magi è sempre combinato che non vede, non sente, non parla. Una bella dormita e il giorno dopo è come se niente fosse successo.

Però non può mica dirlo al brigadiere che suo marito in quel giorno vede i morti e adesso è a letto ubriaco, incosciente, e non basterebbero le cannonate a svegliarlo.

Ha avuto una colica nel pomeriggio, dice, e adesso dorme sotto l'effetto di certi farmaci. Le dispiace, ma se ha bisogno dovrà tornare il giorno dopo. Lei, degli affari di suo marito, non sa niente.

Si scusa.

Scusi lei, dice il brigadiere. E: «Andiamo», rivolto al Pianista.

«Dove?» chiede questi.

«Come, dove?» fa il brigadiere.

In caserma.

Il Pianista comincia a temere di essere in un mezzo guaio.

Il maresciallo s'è fatto tre solitari nel frattempo. Secondo lui il brigadiere se l'è presa un po' troppo comoda. Quando rientra ha appena avviato il quarto. Il brigadiere si presenta, guarda le carte stese sul tavolo, sente di odiarle più che mai.

Meno male, pensa, che ha per le mani un piccolo mistero da risolvere, così per quella notte le carte non dovrà più toccarle.

«Allora?» fa il maresciallo.

«Allora non lo so», risponde il brigadiere.

È solo davanti al superiore. Il Pianista l'ha lasciato di sotto, guardato a vista dal piantone.

«Come sarebbe a dire?» chiede il maresciallo.

Ha in mano il Re di Picche, e lo sventola.

«Suonava o no 'sto pianoforte?»

«Io non l'ho sentito», risponde il brigadiere. Però...

Però cosa?, chiede il maresciallo. «C'era qualcuno in quella casa?» insiste.

Nella casa no, risponde il brigadiere. A dire la verità non ci ha nemmeno guardato. Però ha fermato uno.

«Uno chi?» chiede il maresciallo.

Uno che dice di abitare lì, da una settimana più o meno. I De Santi non gli hanno saputo dire niente di preciso, circa nuovi inquilini. L'unico che avrebbe potuto confermare, il calzolaio, è malato, a letto, steso da una colica. Non gli è sembrato opportuno insistere per interrogarlo. Così, non sapendo cosa fare, ha trattenuto il soggetto, che adesso è di sotto.

«Chi è?» chiede il maresciallo.

«Mai visto», risponde il brigadiere. «Ed è anche senza documenti.»

Ha dichiarato di chiamarsi così e cosà, fa il brigadiere.

Il maresciallo lo guarda sorridendo.

«Non mi ricordo più come ha detto che si chiama», spiega il brigadiere.

Il maresciallo butta il Re di Picche sulla scrivania, scompagina un po' l'ordine delle carte.

«Vediamo di capirci qualcosa», sbuffa.

Suonano le undici.

Addio treno, pensa il Pianista.
«Fallo salire», ordina il maresciallo.

«Se posso pisciare prima», dice il Pianista.

Il piantone gli ha appena detto che il maresciallo lo vuole su, nel suo ufficio. Lo accompagna nella camera di sicurezza, gliela fa fare nel bugliolo. Solo a entrare lì dentro al Pianista si accappona la pelle. Quando esce si sente sollevato.

Adesso ha la vescica bella vuota. Ma anche un maresciallo che lo aspetta e gli farà domande. Una bella merda. Sale le scale, lui davanti, il piantone dietro, come da regolamento.

Il piantone bussa, il maresciallo risponde, il Pianista entra. Tira su con il naso a becco, sente odore di inchiostro e carta. Fa un cenno al brigadiere, sperando che quello gli risponda. Il brigadiere non muove nemmeno un muscolo. Allora guarda il maresciallo. Il maresciallo guarda lui. È una pezza d'uomo, il maresciallo. Ha lo sguardo di ferro. Sotto i suoi occhi il Pianista si sente brutto, ancora più brutto di quello che è in realtà. E malmesso, maleodorante. Gli sembra di essere uscito da uno stagno, di aver mangiato alghe e muschi. Quasi ne sente il sapore in bocca.

Il maresciallo lo guarda, lo misura, lo pesa. Poi torna a guardare le carte che ha sul tavolo.

«Come hai detto che ti chiami?» chiede, senza alzare lo sguardo. Sposta le carte, una a una.

Il Pianista era pronto a scommettere che quella sarebbe stata la prima domanda.

Non ha via di scampo, ha mentito al brigadiere, deve farlo anche con il maresciallo.

Declina il nome falso, quello dell'amico morto.

«Verificheremo, naturalmente», dice il maresciallo, lo sguardo sempre fisso al tavolo, le dita sempre a spostare le carte una a una.

Poi per un po' non parla nessuno. Il Pianista è fermo, immobile, due passi dentro l'ufficio. Si sente il naso rosso, le orecchie ghiacciate. A un certo punto il maresciallo smette quel gesto semicircolare con cui sposta le carte da una parte e dall'altra. Ne prende una. La pinza tra due dita. Gliela mostra.

«Tu sei come questo», dice, alzando gli occhi su di lui.

È il Due di Picche.

«È vero», conferma il Pianista.

Potrebbe piangere.

«Lo so», dice il maresciallo. «E adesso ce la racconti tutta», aggiunge. «Brigadiere si metta comodo», dice ancora.

Il brigadiere si siede.

In piedi, nell'ufficio, resta solo il Pianista.

Meglio contargliela giusta, riflette il Pianista. Con qualche balla in mezzo, poca cosa, che non alteri la veridicità del racconto. In fondo, a guardarla bene, non ha fatto niente, non ha commesso nessun reato. E quando il maresciallo avrà capito che non lo vuole prendere per il culo, che sta dicendo la verità, lo lascerà andare. È disposto a sopportare di tutto, prediche, sberlotti, calcinculo. Cosa se ne fanno i carabinieri di un due di picche come lui?

Il Pianista tossicchia per trovare un po' di voce.

Dice:

«Posso?».

«Devi», risponde il maresciallo.

Ha in faccia un velo di sorriso, da lui si aspetta solo bugie. Il Pianista allunga le mani, stacca bene le dita una dall'altra.

«Le vede il signor maresciallo?» chiede.

Quello non fa nemmeno la finta di parlare. Inarca le sopracciglia. Il velo di sorriso scompare.

Brutto segno, pensa il Pianista, brutta partenza.

Volevo..., dice.

Vuole solo fargli vedere quelle sue belle mani, le dita affusolate, spiega, parlando troppo in fretta.

Mani da pianista.

Così non ha resistito. Quando ha visto il cartello «Pianoforte vendesi», ha voluto, ha dovuto andare a vedere.

Il pianoforte è un sogno per lui.

«Magari, ho pensato, viene via per poco», dice.

«O per niente», dice il maresciallo.

«Ma no», fa il Pianista.

È solo salito, ha bussato.

«E poi?»

Poi gli ha aperto.

«Chi?»

Quella vecchia.

«Ah», fa il maresciallo, «quella!» E sorride.

Sorride anche il Pianista.

«E poi?»

Poi... una volta che se l'è trovata davanti... ha capito...

«Cosa?» chiede il maresciallo.

Il Pianista si porta un indice alla tempia.

«Certo, certo», fa il maresciallo.

E, al brigadiere che sta per aprire la bocca:

«Un momento solo». Avrà tempo poi, gli fa segno con il dito, di dire la sua.

Con gli occhi ritorna sul Pianista.

«Insomma, ti sei trovato davanti alla vecchia un po' tocca e...»

«Niente», dice il Pianista.

Lei l'ha invitato a entrare in casa, hanno parlato per un po', hanno parlato del pianoforte. Poi lei gli ha chiesto di suonare qualcosa.

«Lei sa com'è maresciallo», dice il Pianista, più tranquillo. Con i matti è meglio andarci piano, dargli sempre ragione.

E lui l'ha fatto.

«Cioè?» chiede il maresciallo.

S'è messo al piano, dice il Pianista. Ha suonato qualcosa per far contenta la vecchia. Che poi a un certo punto s'è addormentata, così lui s'è alzato per andarsene e sulla porta di casa ha sbattuto contro il signor brigadiere. Al quale ha raccontato una balla, lo sa, se ne scusa, gli dispiace ma così, sulle prime, preso alla sprovvista non ha saputo cosa dire, s'è spaventato...

«Ma non ho fatto niente di male, solo suonare un po' il pianoforte.»

Disturbando i vicini, d'accordo.

Finché la vecchia s'è addormentata.

«Bene», fa il maresciallo.

Bene, bene, bene.

«Brigadiere!»

«A me il soggetto ha dichiarato di abitare in quella casa da circa una settimana», risponde il brigadiere.

Il maresciallo incrocia le braccia sul petto, si appoggia alla sedia.

«Una bugia insomma.»

«Sì, ma...» fa il Pianista.

«Veniamo alla seconda, adesso», tronca il maresciallo, come se non l'avesse sentito.

La seconda bugia.

«Riguardo al sonno della vecchia un po' tocca.»

«Le giuro maresciallo...»

Di sonno propriamente si tratta, spiega il maresciallo.

Ma di un tipo un po' particolare.

«Lo chiamano sonno eterno», dice il maresciallo. «Ti dice niente?»

«Sonno eterno», mormora il Pianista.

Sì, lo sa cosa vuole dire.

Ma la vecchia si è solo addormentata mentre lui suonava. L'ha sentita soffiare dalla bocca. Forse avrebbe dovuto svegliarla, riaccompagnarla a letto. Forse non avrebbe dovuto lasciarla lì così, sulla sedia. Ma ha temuto che poi ricominciasse con le sue storie...

«Le storie ce le stai raccontando tu», sibila il maresciallo.

Il Pianista fa per ribattere. Non riesce.

Perché la maestra Gioietta Ribaldi, va avanti il maresciallo, si chiamava così la vecchia un po' tocca nella cui casa lui è entrato…

«E poi ci farai la cortesia di spiegarci perché.»

…la maestra Gioietta Ribaldi, zitella, maestra di pianoforte, è morta la bellezza di un anno prima all'incirca, presso la casa di riposo di Albese con Cassano, non avendo parenti in paese che la potessero accudire tranne un nipote che abita a Milano e che è l'unico erede delle sue sostanze.

Quindi il giovanotto vede bene che loro due, brigadiere e maresciallo, anche se carabinieri, non possono assolutamente credere che lui abbia suonato il pianoforte per una donna morta più di un anno prima.

«Cos'altro ci inventiamo adesso?» chiede il maresciallo.

Il Pianista ha freddo.

«Rifletti bene prima di rispondere», lo avvisa il maresciallo, «tanto nella merda ci sei già e noi abbiamo tempo.»

Una trappola.

Le parole del maresciallo nascondono un tranello, non può essere altrimenti. Quale, il Pianista non riesce a immaginarlo. Ma deve essere così. Il maresciallo si diverte con lui, un gatto con il topo. Il topo sta per finire nella trappola.

Deve dire qualcosa. Pesare bene le parole. Se almeno avesse fatto qualcosa potrebbe ammetterlo. Se almeno avesse rubato qualcosa potrebbe dirlo.

Ma non ha fatto niente.

Tranne ascoltare i discorsi di quella vecchia sulla musica che c'è nelle cose del mondo, nei passi della gente, nelle parole che si scambiano per la strada, quella musica che lei ha suonato per tutta la vita a beneficio di suo padre e di sua madre e poi per i vicini e per chissà quanti altri. Tutta la vita passata dentro quella stanza a suonare la musica che le correva nelle dita, a insegnare, tranne...

Il pensiero del Pianista si gela.

Tranne, ha detto la vecchia a un certo punto. L'ha detto, ne è certo, l'ha sentita.

Ha detto tranne, e poi, lasciamo perdere.

Tranne il periodo in cui l'avevano presa e portata all'ospizio?

Era quello che voleva dire e non ha detto?

Tutta la vita passata in quella casa tranne il periodo in cui è stata all'ospizio.

Dove poi è morta, l'ha detto il maresciallo.

Il topo sta per infilare la testa nella trappola.

«Cazzo!» sbotta il maresciallo.

Poco prima ha detto che il brigadiere e lui avevano tempo.

Il Pianista si riscuote. Per qualche istante s'è addirittura dimenticato del posto in cui si trova.

«Ma non intendevo dire che abbiamo intenzione di passare il resto della vita qui in caserma ad aspettare che tu ti decida a dire la verità», conclude. «E lasciamo perdere le storie di fantasmi!» aggiunge con un sorriso. «Non sono di competenza dei carabinieri.»

Il Pianista ritrae la testa dalla trappola, non è il momento giusto per cercare di capire quello che è successo.

«Va bene», dice.

E torna ad allungare le sue belle mani dalle dita affusolate verso il maresciallo.

«Ancora!» fa questo.

La colpa è di quelle mani, belle mani da pianista. Glielo hanno sempre detto, tutti, anche il prete della sua parrocchia. Dita lunghe, agili, affusolate. Create per suonare.

Lui s'è accorto presto che la musica era la sua vera passione. La musica che c'era nel mondo, nel lago, nei cieli, nelle montagne, nelle stelle. Ma anche nei passi della gente per la strada, nelle parole che si scambiavano…

«Va bene, va bene», dice il maresciallo. E con le dita gli fa segno di tagliare.

«Cosa c'entrano queste storie?» chiede.

C'entrano, risponde il Pianista, perché ogni volta che passa vicino a un pianoforte non riesce a resistere all'impulso di provarlo, suonare quella musica che si sente dentro, una musica che non ha mai scritto da nessuna parte ma che gli esce spontaneamente. Solo che un pianoforte non l'ha mai posseduto. Ma se gli capita di incrociarne uno non resiste alla voglia di provare.

È andata così anche quella sera. Ha visto il cartello «Pianoforte vendesi», è salito in quella casa, ha bussato, nessuno gli ha risposto, ha trovato la porta aperta, ha sbirciato, ha visto il pianoforte…

«Il resto lo sapete», conclude il Pianista, rivolgendosi al maresciallo e al brigadiere.

I due si guardano.

«Sarà vero?» chiede il maresciallo al soffitto della stanza.

O non sarà piuttosto la terza di una serie chissà ancora quanto lunga di bugie?, prosegue con un tono cantilenante.

«È la verità», dice il Pianista mentendo. La vecchia era lì, ha suonato con lui, dentro di lui, ma è meglio non dirlo.

Può tentare la fuga, pensa il Pianista.

Sono fuori. Non più nel chiuso opprimente dell'ufficio del maresciallo. Non è più sotto il suo sguardo ironico e inclemente. Con il silenzio del brigadiere incollato sul collo come prima la mano.

Fuori.

Sono le undici e mezzo di una notte di stelle. Il corteo dei Re Magi è finito. La festa adesso è dentro, nelle case, nelle osterie, nei locali dove si balla. Il falò sul molo manda ancora fiamme vivaci. Soli o a piccoli gruppi alcuni girano ancora per le strade del paese ma come se non avessero più una meta. Increduli forse che la festa sia già finita. In via Manzoni la maggior parte delle finestre è buia ma si sente il suono di un paio di fisarmoniche provenire dal vicino circolo dei lavoratori, dove la festa andrà avanti fino alle prime luci dell'alba.

Hanno il permesso, dice il maresciallo al brigadiere: permesso speciale della prefettura per andare avanti a suonare fino alle quattro.

Il Pianista cammina in mezzo e pensa alla fuga. La possibilità dello scatto ce l'ha, se la sente nelle gambe. Il maresciallo non gli dà pensiero, ha la pancia, non ce la farebbe a stargli dietro. Piuttosto il brigadiere, alto, lungo di gamba.

Inspira a fondo, aria fredda che entra nei polmoni, quasi gli fa male. Ma è un dolore buono. Ossigeno nei pensieri. Capisce il gioco del maresciallo. Ha visto le carte sulla sua scrivania. Gli piace giocare, ama l'azzardo. Con lui ha fatto lo stesso. Gli ha teso un tranello, ha bluffato. La storia della maestra morta. Chissà dove vuole arrivare, e vuole giocare fino in fondo. Ma è ovvio che sa già di aver perso.

Niente fuga, pensa il Pianista.

Adesso entreranno in casa di quella, la sveglieranno, lei spiegherà tutto, pazienza se ci perderanno il resto della notte, il maresciallo ci resterà di stucco e poi lo lascerà andare. Non si scuserà, fa niente.

Nessuna fuga. Sarebbe ammettere una colpa che non ha.

Entrano nel corridoio, oltrepassano il cancelletto, salgono le due rampe di scale, sono davanti alla porta della casa.

«Non ti scaldi le dita?» dice il maresciallo.

Solo allora il Pianista ci pensa, come ha fatto a suonare.

Trenta candele di luce.

«Un cimitero», commenta il maresciallo.

Si siede al tavolo e dà un'occhiata in giro. Invita anche il brigadiere a fare lo stesso, si sieda.

«Ai concerti bisogna stare comodi», dice.

Il Pianista sta in piedi. L'occhio alla porta dell'altra stanza, quella da cui, prima, filtrava la luce, nel cui rettangolo è apparsa la vecchia. La aspetta.

«Prego maestro», dice il maresciallo.

E aggiunge:

«È il vostro momento».

Non filtra nessuna luce, la porta non si apre, non appare nessuna vecchia. Non c'è tempo da perdere, il maresciallo è impaziente.

«Sì», dice il Pianista.

Lo sa. Ma non si muove, sta in piedi, aspetta quella luce che non si accende, la vecchia che non appare. Per forza, pensa, è morta, ha ragione il maresciallo, nessuna trappola, la vecchia è morta un anno prima, e lui...

Gli conviene parlare, riflette il Pianista. Confessare. Dire che non sa nemmeno da che parte prenderlo un pianoforte.

«Veramente...» comincia a dire.

Ma il maresciallo leva in aria una mano.

«So cosa mi vuoi dire.»

Se crede di averlo fatto fesso sin lì si sbaglia grossolanamente, dice.

I fessi del suo stampo, dice, li conosce come le sue tasche.

Però adesso si deve sedere sullo sgabello e suonare due o tre pezzi, magari una mazurchetta o un valzerino.

«Tra l'altro non senti?» dice ancora. Ed estende il capo per dare più enfasi a quello che sta per dire.

Non sente il silenzio compatto che è sceso improvvisamente nella stanza?

Nessun rumore, nemmeno le fisarmoniche del circolo.

Nessuna voce proveniente dalla strada.

Niente di niente.

«Che siano morti tutti?» scherza il maresciallo.

Difficile…

Forse invece c'è tutto il paese che sta aspettando il suo concertino. Tutti in silenzio per ascoltare lui.

Si rende conto del grande onore?, fa il maresciallo, ridendo senza ridere, terribile in quella luce ridicola da secolo scorso.

«Il pubblico delle grandi occasioni, eh brigadiere?» dice.

Il brigadiere ha sonno, è stufo di quella pantomima. Dice sì per abitudine, mentre le prime note di un valzerino si alzano a colmare il silenzio della stanza.

Non se lo spiega il Pianista. Né se lo vuole spiegare. Gli basta suonare. Sa che quelle mani che viaggiano sulla tastiera non sono le sue. Per questo non le guarda. Teme che guardandole possano fermarsi. Le lascia fare. Cerca di capire cosa stia succedendo alle sue spalle. Se nel frattempo la vecchia è comparsa. Ma sa che non può essere così. La vecchia è lì, dentro le sue mani, e suona, come prima. Gli piacerebbe vedere in faccia il maresciallo. Ma è proprio dietro di lui. Vede però la gamba del brigadiere che segna il tempo quando attacca una polacchina. Sta suonando gli stessi pezzi che ha suonato prima, assieme alla vecchia. Non si spiega cosa stia succedendo.

Sta suonando, basta così.

E il maresciallo è servito di barba e capelli.

Gli viene quasi da ridere, al Pianista.

Invece il maresciallo si alza.

Si alza.
«Va bene, basta così», dice.
Serio.
Scornato.
Gli occhi ridotti a una fessura, le mani strette dietro la schiena. Non avrebbe mai scommesso una lira sul fatto che quel due di picche fosse in grado di suonare.
E avrebbe vinto, pensa il Pianista. Ma nessuno, oltre a lui e alla vecchia, lo sa. E nessuno mai l'avrebbe saputo.
«Bravo il nostro pianista», dice il maresciallo.
Il tono non promette niente di buono.
«E così un pianoforte lo sai strimpellare», dice ancora.
E chi l'avrebbe mai detto!
«Eh, brigadiere? Cosa ne dice?»
Al brigadiere è sembrato che il giovanotto suonasse abbastanza bene. Ci sa fare, secondo lui. Non dice niente però. Fa cenno di sì, tanto per fare contento il maresciallo.
«Adesso però veniamo al resto», continua il maresciallo, in piedi di lato al Pianista.
Disturbo della quiete pubblica, dice.
Violazione di domicilio.
«Magari furto, eh?»
Furto con scasso.

Se ne va in giro senza documenti, come un vagabondo.

Mente sulla propria residenza.

Che altro c'è da aggiungere alla lista?

La felicità del Pianista si raffredda, un groppo di ghiaccio nello stomaco.

«Maresciallo, le giuro...» dice.

Giurare?, fa quello.

Parola grossa. Che lui usa con assai poca cautela.

«Cosa vuoi giurare?»

Non gli ha forse giurato poco prima, in caserma, che ad aprirgli la porta è stata la signorina Gioietta Ribaldi?

Non ha forse giurato al suo brigadiere di abitare lì da circa una settimana?

Cosa vuole giurare ancora?

Lo sa che anche quello, dichiarare il falso, è un reato?

«Vogliamo aggiungere anche quello alla lista?»

«Io...» cerca di interloquire il Pianista.

«Tu sei entrato qui per rubare», lo interrompe il maresciallo.

«No», mente il Pianista.

«Invece sì», ribadisce il maresciallo.

«Le giuro...» scappa detto al Pianista.

«E magari non eri nemmeno da solo», fa il maresciallo.

Serata di festa, casino in giro, un'occasione d'oro per ladruncoli del suo stampo.

«Cos'hai rubato?» chiede il maresciallo.

Il Pianista pensa che quella notte non finirà mai. Non finirà più. Non verrà più giorno. Non riuscirà mai ad allontanarsi da lì, tornare a casa, trovarsi un lavoro normale...

«Niente», risponde.

Si infila le mani fredde nelle tasche del giubbetto. Vorrebbe dire che è entrato lì con l'intenzione di rubare ma non ha rubato niente. È la verità, ma non deve, non può dirla.

«Niente eh?» fa il maresciallo.

Bisognerà verificare, aggiunge.

«Ci vorrebbe il nipote, l'erede», sbotta il brigadiere.

Pure lui teme che quella notte non finisca più.

«Ma sta a Milano», aggiunge soddisfatto, convinto di aver messo nel sacco il superiore.

«Ci basterà l'aiuto del calzolaio», ribatte il maresciallo.

«Ma è malato», obietta il brigadiere.

«Magari nel frattempo è guarito.»

«E poi è quasi mezzanotte», osserva ancora il brigadiere.

Il maresciallo lo guarda senza parlare: ha finito con le obiezioni?

Le indagini non hanno orario.

La contrada è vuota. Al circolo dei lavoratori però ballano ancora. Le note delle due fisarmoniche arrivano alle orecchie del maresciallo.

È strano.

Prima, di sopra, in casa della maestra Gioietta Ribaldi, dove ha lasciato il brigadiere e il Pianista, avrebbe giurato che anche lì la festa fosse ormai finita. Non si sentiva un rumore, un suono, niente di niente.

Suona al campanello di casa del calzolaio. Tre, quattro volte, con insistenza. Alla fine una finestra si illumina, appare una donna. È la moglie, ha una faccia da civetta. Vede il maresciallo, si porta una mano alla bocca. È la seconda volta quel giorno che una divisa compare alla porta della sua casa.

Il maresciallo non saluta nemmeno.

Ha bisogno di suo marito, dice. Subito.

La donna tiene sempre la mano sulla bocca. Non sa cosa dire. Vorrebbe mentire ancora, come ha fatto prima con il brigadiere. E se il maresciallo è lì proprio perché ha mentito al brigadiere?

Si toglie la mano dalla bocca.

«Vengo subito», dice.

Vede maresciallo, comincia a dire subito dopo, cercando di spiegare, in una cucina che odora di minestra riscaldata.

Non adesso, dice la donna.

Domani, a disposizione. Tutto il giorno. Tutto quello che vuole.

La donna trema.

«Signora stia calma», dice il maresciallo.

Nervoso. Gli dà fastidio quell'odore di minestra riscaldata, quella donna tremula.

«In fondo si tratta di un quarto d'ora, una mezz'ora al massimo», dice.

Vorrebbe essere gentile ma il tono della voce non gli ubbidisce.

«Giusto dare un'occhiata alla casa di fronte.»

Come dirlo?, pensa la donna.

Non è questione di buona o cattiva volontà, dice.

Ma suo marito in quel giorno di festa cambia, non è più lui.

Il maresciallo annuisce.

«Per un giorno solo», dice la donna.

Per quel giorno che ormai è finito.

Si ubriaca, confessa la donna, gli occhi bassi. Ma li rialza subito.

Non è per il gusto di ubriacarsi però, afferma.

«No, certo», dice il maresciallo, secco.

Per il resto dell'anno suo marito è sobrio, pacato, spiega la donna. Ma in quel giorno che finalmente è finito dice che tutti, anche i morti, anche quelli antichissimi tornano per la festa. Dice di vederli, ci parla, si fa raccontare come stanno, racconta loro di sé, si danno appuntamento per un altr'anno. Dice che in quel giorno sente una specie di corpo gigante muoversi intorno a lui, il corpo del paese, il suo respiro, il suo cuore che pulsa…

La donna si zittisce, è meravigliata di quanto ha detto.

«Lo so che è strano», dice.

«Va bene, basta così», tronca il maresciallo.

Un ubriacone e una pazza.

Saluta, se ne va senza scusarsi per il disturbo.

Se ne parlerà domani.

Fuori ancora il suono delle due fisarmoniche.

Risale in casa della maestra Gioietta Ribaldi.

Fa un giro intorno al tavolo, sposta i cocci del vaso rotto. Si ferma, guarda il brigadiere, il Pianista.

«In caserma, via!» ordina.

Tutto è rinviato a domani mattina, dice.

«Per questa notte il nostro pianista ci terrà compagnia.»

È nominando il Pianista, pensando al pianoforte, che si rende conto di come lì dentro non giungano le note delle fisarmoniche.

Nessun rumore, silenzio, non fosse per i passi di loro tre che se ne vanno.

Sono fuori. Il falò è una macchia di colore arancione, un riflesso nell'acqua del molo. Brucia lentamente. Lentamente maresciallo e brigadiere camminano alla volta della caserma. Il Pianista si adegua al loro passo. Ha freddo. Nessuno parla.

Sembra un verso animale, poco dopo, il rumore delle chiavi che lo chiudono nella camera di sicurezza. Tre giri di chiave.

Il Pianista resta in piedi, al centro del locale. Il freddo se lo sente nelle ossa, nel suo scheletro storto. Il pensiero è fisso sull'idea che quella notte non finirà mai. Mai più. Eterna. Come il sonno della vecchia. Non uscirà più. Non tornerà più a casa da una madre che nemmeno lo aspetta, abituata alla sua balordaggine. Per sempre lì, in piedi, al centro del locale, con addosso il suo giubbetto umido, il freddo nelle ossa, i capelli lunghi e unti.

Mentre di sopra, nel suo ufficio, il maresciallo, prima di andarsene a dormire, prende nota dei reati che ha commesso. Ne resta uno da verificare e lo farà di lì a poche ore.

Furto.

E magari furto con scasso, ghigna.

Il falò è ormai una piccola macchia, è quasi l'una di notte, alcuni resistono sul molo, silenziosi, ma non sembrano persone, ombre piuttosto, ombre spaesate cui il maresciallo augura sottovoce la buonanotte.

Prima il brigadiere, dice la moglie del calzolaio. Poi, verso mezzanotte, addirittura il signor maresciallo. Cosa volessero, lei non glielo sa dire.

«Hanno bisogno di te per qualcosa nella casa della Ribaldi», dice.

Ma lui..., aggiunge agitando per aria una mano.

Per lei suo marito era semplicemente ubriaco. Guai, però, a usare quel termine in sua presenza.

Beatitudine, l'ha definita una volta lui. Lei ha riso. Lui, serio, le ha spiegato che di beatitudine vera e propria si tratta. La beatitudine di vedere in faccia i morti allegri, di vederli festeggiare, di sentire il sangue che pulsa nelle vene del paese, saperlo vivo anche se poi, per il resto dell'anno, sembra silenzioso, immobile. Pazienza se per raggiungerla bisogna bere così tanto. In fin dei conti capita solo una volta all'anno. Dal giorno seguente il calzolaio torna a essere quello di sempre, un uomo tranquillo, sobrio, gran lavoratore.

Ragionevole, insomma.

«Quindi», dice la moglie.

Adesso che la beatitudine, come la chiama lui, è passata, ci tiene a dirgli che la sera precedente si è presa un bello spavento, anzi due, il brigadiere prima e il maresciallo poi. Non vuole nemmeno sapere per quale ragione il signor maresciallo sia andato a casa loro quando ormai era mezzanotte. Lei però non è mai stata d'accordo sul fatto di tenere le chiavi di casa della Ribaldi…

«Ma via», fa il calzolaio, «una cortesia…»

«Sono sempre rogne.»

«Se quello sta a Milano…»

«Affari suoi.»

I soldi della casa li ha messi in tasca lui, mica loro. E se l'è cavata con un arrivederci e grazie.

Lei di spaventi come quelli della notte scorsa non ne vuole più passare. Quindi quel giorno stesso le farà il santo piacere di telefonare a quel nipote per dirgli di venire a riprendersi le chiavi. Che le dia a qualcun altro.

«Io non ne voglio più sapere.»

Ragionevole, il calzolaio dice sì.

I segni del giorno nuovo entrano anche lì, nella camera di sicurezza.

Sono una luce greve di nuvole basse sul lago, i rumori del portone, un lontano strisciare di macchine sull'asfalto, un odore freddo di giorno pigro, di festa consumata.

Il Pianista è seduto sulla panca, si sente i vestiti appiccicati addosso, le sue belle mani sono agitate da un fine tremore.

La voce del maresciallo avvisa il brigadiere che sta per uscire. Il Pianista ne conta i passi, ha un passo pesante, pensa, che non perdona.

«Guarito?»

Il calzolaio coglie l'ironia. Ma il signor maresciallo bisogna perdonarlo.

Ha già detto sì alla moglie, dice sì anche al maresciallo.

Sì, grazie.

«Mi diceva appunto mia moglie», attacca il calzolaio.

«Ho bisogno di lei», dice il maresciallo.

«Sono qua, si accomodi», risponde il calzolaio facendolo entrare nella cucina che odora sempre di minestra riscaldata.

Il maresciallo si accomoda controvoglia. Rifiuta di sedere. Meno male che la moglie non compare, pensa.

«Come probabilmente le stava dicendo sua moglie», dice il maresciallo.

«Non che mi abbia spiegato granché…» fa il calzolaio.

«Ci penso io», dice il maresciallo.

La sera prima loro carabinieri hanno fermato un soggetto che stava uscendo dalla casa della signorina Gioietta Ribaldi.

«E a mio giudizio non ce la racconta giusta», afferma.

Il «mio» del maresciallo ha un che di inappellabile, definitivo. È una certezza cui serve soltanto qualche prova.

Al calzolaio balza in mente che forse il nipote poteva aver fatto un salto sin lì ieri sera, ma è un pensiero bislacco, lo scaccia subito, non deve distrarsi davanti al maresciallo.

«E sarebbe?» chiede.

«Ancora non lo sappiamo. Gira senza documenti. Ci ha dato un nome e un cognome, stiamo verificando. Adesso, però…»

L'indice del maresciallo si punta verso il basso. In quel momento, vuole dire. Senza perdere altro tempo in quella cucina schifosamente odorosa di minestra riscaldata. Appurare se in quella casa manchi qualcosa. Capire cosa possa aver rubato quell'individuo, benché abbia più volte affermato di non aver sottratto assolutamente niente.

«Mentendo, naturalmente.»

Forse in più d'uno. Approfittando della confusione per via della festa. Sono saliti in quella casa e…

«Rubato?» sbotta, finalmente, il calzolaio troncando la frase del maresciallo.

«Cos'altro può fare un ladro?» chiede il maresciallo.

Ma il calzolaio è impallidito.

Il maresciallo lo nota, postumi, pensa.

«Si segga se non sta bene», dice.

«No, no, sto bene», assicura il calzolaio. «Ma…»

«Ma?»

Il calzolaio abbassa lo sguardo, non sa come dirlo.

«Non saprei come dirlo», mormora infatti.

«Cosa?» chiede il maresciallo, impaziente.

Avrebbe voglia di afferrare quell'uomo per le spalle e dargli una scrollatina per vedere di fargli uscire di bocca le parole.

Che, comincia a dire il calzolaio, lo sguardo sempre a terra, a meno che non abbiano rubato il pianoforte oppure, ma lo dice senza ironia, oppure i muri di casa, non vede cos'altro abbiano potuto rubare.

«Visto», dice, e adesso alza gli occhi sul maresciallo, «visto che la casa è vuota.»

Completamente vuota.

Al maresciallo scappa un colpo di tosse.

«Cosa mi sta raccontando?» chiede.

La verità.

La casa è vuota. Da più di un mese. Da quando il nipote, l'unico erede della signorina Gioietta Ribaldi è riuscito a venderla. L'acquirente, dei mobili, non ha saputo che farsene. Roba vecchia.

«Carabattole», fa il calzolaio.

Finita al macero quasi tutta, tranne un tavolo e qualche sedia che se li è presi un rigattiere. L'unica cosa che può avere qualche valore è il pianoforte sul quale la signorina Ribaldi ha passato l'intera vita. Resta lì in attesa che qualcuno se lo prenda. Starà lì sino a primavera, quando cominceranno i lavori di restauro.

C'è anche un cartello sul muro di casa, «Pianoforte vendesi».

«L'avrà visto, maresciallo.»

Se si riesce a venderlo, bene. Se no farà la fine degli altri mobili.

«Comunque», conclude il calzolaio, «se lei crede maresciallo possiamo salire a vedere.»

«Sono qui per questo», fa il maresciallo, seccamente, convinto che al calzolaio la sbornia non sia passata del tutto.

E lasci perdere le chiavi, aggiunge, perché la porta è aperta.

«Lo so», dice il calzolaio. La serratura è rotta da qualche mese.

«Ho anche avvisato il nipote», dice il calzolaio. Ma quello si è sempre dimenticato di farla riparare. Ha detto che se i ladri gli svuotavano la casa gli facevano una cortesia. Non gli è mai importato più di tanto di quella casa. Solo venderla.

«Contento lui», dice il calzolaio.

Adesso, riparare la serratura non ha più molto senso, spiega, visto che la casa è completamente vuota.

Il maresciallo davanti, sulle scale. Lui dietro. Parla, il silenzio del carabiniere non gli piace, lo mette in difficoltà. Ha l'impressione che il maresciallo creda che lui gli abbia mentito. Adesso però vedrà.

«Se avesse voluto vederla arredata», dice, «avrebbe dovuto passare tre, quattro mesi fa.»

Ma non c'erano mobili di pregio, ribadisce.

«Eccoci», dice davanti alla porta di casa.

Il maresciallo fa un passo di lato, che entri prima il calzolaio.

«Questa era la sala», dice il calzolaio entrando, allunga un braccio per mostrarla.

Vuota, tranne il pianoforte.

«Lì c'era un tavolo con sopra qualche soprammobile, qualche ricordino di famiglia», continua a spiegare.

Una vetrinetta, sedie...

Il maresciallo percorre con lo sguardo tutto il perimetro della stanza, si ferma dove c'era la sedia, quella sulla quale s'è seduto poche ore prima. Guarda anche dove si è accomodato il brigadiere, battendo il tempo con la gamba.

«Pure di là», sta ancora dicendo il calzolaio, «è tutto vuoto.»

Di là c'è, anzi c'era, la camera da letto della signorina Gioietta Ribaldi. E poi, oltre, una cucinetta. Lo sa che può sembrare strano ma in quelle case di contrada gli spazi sono quello che sono. Una sala, la camera da letto, una microscopica cucina, tutto lì.

«Vuote comunque, anche loro.»

La voce del calzolaio è salita di tono, limpida, quasi allegra. È contento di aver dimostrato al maresciallo di non aver raccontato bugie. A che scopo poi? Non gli è piaciuto lo sguardo che gli ha dato poco prima quando sembrava che non gli credesse.

Il maresciallo non parla.

Finalmente muove due passi per la stanza. Tace anche il calzolaio, non ha più niente da dire. Guarda il carabiniere che cammina per la stanza. Gli sale in viso un mezzo sorriso, lo reprime. Ma è strano, anche un po' ridicolo come si muove il maresciallo, come se nella stanza ci fossero davvero mobili, fa un giro come se ci fosse davvero un tavolo, si ferma a un certo punto, proprio dirimpetto al pianoforte. È un attimo breve, allunga e poi ritrae subito le mani, come se avesse voluto sistemare una sedia sotto al tavolo.

Poi esce, se ne va, non saluta, lo pianta lì.

Il calzolaio non sa cosa pensare.

Pensa che adesso, dopo aver obbedito al maresciallo, dovrà obbedire a sua moglie, fare quella benedetta telefonata al nipote, dirgli delle chiavi, che si trovi qualcun altro cui affidarle, anche se ormai sono chiavi inutili.

Il brigadiere ha passato tutta la notte in caserma. Sveglio perlopiù. Tuttavia non ha sonno. Ogni tanto è sceso di sotto per dare un'occhiata al giovanotto, dallo spioncino. Non l'ha mai visto sdraiato. Sempre in piedi. Simile a un lugubre uccello disorientato, con quel naso a becco, i capelli lunghi e unti. Più che un uomo gli è sembrato un animale innocente chiuso nella gabbia della camera di sicurezza in una notte di festa.

I segni della festa sono un po' dappertutto per terra, i cavalli dei Re Magi hanno lasciato ricordi del loro passaggio. Il maresciallo cammina svelto alla volta della caserma, gli occhi a terra, attento a non mettere un piede in fallo.

Non vuole pensare a quello che ha appena visto, ai morti antichi del calzolaio, al pianoforte, alla musica. Elenca i reati.

Li esclude uno a uno.

Niente furto con scasso.

Nemmeno furto semplice.

Disturbo della quiete pubblica: in una sera di festa farebbe ridere.

Vagabondaggio non sta in piedi.

Li elimina, uno dopo l'altro ripetendoli come fossero un rosario, finché arriva in caserma.

È il brigadiere che gli si fa incontro.

«Mandalo via», ordina il maresciallo.

«Il giovanotto?» chiede il brigadiere. Sorride. Si sente sollevato.

«Via!» ripete il maresciallo.

Che torni a casa, che non si faccia mai più rivedere da lui.

In fretta.

Non ci vuole ripensare, dice il maresciallo.

Vorrebbe mettere nel tono della voce un senso di grazia, di perdono. Non gli riesce. Gli escono parole dure, cattive.

«È successo qualcosa?» chiede il brigadiere.

«Niente», risponde il maresciallo.

Non deve dare spiegazioni. A nessuno. Nemmeno al brigadiere che quella notte è stato con lui.

«Via», dice il brigadiere.

Il Pianista lo guarda.

«Ho detto fuori», ripete il brigadiere.

A casa.

Ordine del maresciallo, senza nessuna spiegazione, nemmeno a lui.

È fuori, ma impiega un po' a capirlo. Il rumore del portone che si è chiuso alle sue spalle non lo aiuta più di tanto.

Glielo dice il lago, appena mosso da un fiato di tivano.

E la montagna di fronte, grigia nella bruttura dell'inverno.

Glielo dice uno che passa in bicicletta, sparato, contento, nonostante il freddo.

Ha fame. Mangerebbe una scodella di trippa, abbondante.

È fuori ma è ancora incredulo di essere scampato a una notte che sembrava non dovesse finire mai.

C'è un bar lì di fronte. Nel naso gli arriva profumo di brioche appena sfornate. Ne mangerebbe tre, quattro. Con i soldi che ha in tasca deve scegliere, mangiare o il biglietto del treno. Attraversa la strada, ha già scelto senza scegliere, una cosa per volta, prima mangiare poi, per il treno, si vedrà. Entra nel bar. Si vede riflesso nel grande specchio dietro il bancone. Le brioche sono una piramide profumata messa in bella mostra sul banco. Allunga la mano per prenderne una. È quasi timoroso, si sente come se stesse rubando. L'uomo che sta al banco gli dà appena un'occhiata, continua a fare quello che stava facendo, lava bicchieri, gli chiede se vuole qualcosa da bere, un cappuccino, un caffè. Il Pianista risponde no, prende una seconda brioche, l'uomo dice va bene, continua a lavare bicchieri. Con l'ultimo boccone ancora sotto i denti il Pianista si avvicina alla cassa.

Arrivo, dice il barista mentre asciuga un altro bicchiere.

Il Pianista ha in mano tutte le monete che possiede. Chiede quant'è. La cassa si apre con un rumore di campanello. Due brioche, quasi tutto quello che ha in tasca. Ordinati, nel cassetto, ci sono biglietti di banca. Con uno solo di quelli il Pianista sarebbe a posto. Ma scaccia l'idea, mai più. La porta del bar si apre, entra uno che saluta rumorosamente.

È un istante. Il barista si gira verso di lui, ricambia il saluto, quello fa una battuta, il barista risponde.

Sarà l'ultima volta, pensa il Pianista. Un occhio al barista che è ancora girato. La mano, come un artiglio, pesca nel cassetto. È un biglietto da cinquemila. Lo accartoccia nella mano. Il barista torna a girarsi verso di lui, lo guarda, pensieroso. Il Pianista stringe la mano.

«Due brioche, vero?» chiede il barista.

Il Pianista ha la bocca secca, non riesce a parlare, fa cenno di sì, ritira il resto, esce. Cammina verso la stazione sempre con la mano stretta a pugno. Pagherà il biglietto del treno, tornerà a casa. Sa che sua madre gli chiederà dove è stato tutta la notte. Glielo chiederà con quel suo tono vinto, senza aspettarsi risposte.

A cercare lavoro, risponderà il Pianista.

Sa che è una risposta stupida, incongruente, sa che sua madre non gli crederà ma è l'unica risposta che le può dare, sa che rispondendo così le dirà niente altro che la verità.

Le carte, maledette. Per una volta però il brigadiere non aspetta altro. Che il maresciallo gli proponga una partita a scopa o briscola, così, tanto per ammazzare il tempo e tirare l'ora di cena.

Il brigadiere accetta: «Briscola?» chiede.

«Briscola sia», dice il maresciallo.

Adesso è venuto il momento di dargli una bella lezione, pensa il brigadiere. Non una mano, non una partita gli lascerà vincere. Gli vuole dare una bella lezione, lo vuole vedere rosolare nella rabbia di una sconfitta via l'altra.

Da un paio di giorni il brigadiere non aspetta che quel momento, dalla sera della festa non attende altro che il maresciallo lo inviti a fare qualche partita.

Per un paio di giorni però il maresciallo è rimasto sulle sue, con la testa altrove, silenzioso. Forse per colpa di quel giovanotto che voleva incastrare a tutti i costi senza esserci riuscito. Il brigadiere immagina che sia così ma non vuole tornare sull'argomento, ricordare quella notte, quell'episodio gli dà fastidio ma non riesce a trattenersi a metà della prima partita che sta già vincendo ampiamente, quando gli capita in mano una carta, quella, il Due di Picche.

«A proposito maresciallo», dice il brigadiere.

E gli mostra la carta.

«Ha presente il giovanotto dell'altra sera?»

Il maresciallo si incupisce davanti alla carta che il brigadiere tiene bene in vista verso di lui.

È arrivata la verifica dell'identità, il nome e il cognome appartengono a uno che è morto più di un anno prima: quindi i casi sono due, dice il brigadiere, o quello ci ha preso per il culo oppure si trattava di un fantasma.

E ride, perché lui, il brigadiere, ai fantasmi non crede.

Andrea Vitali

UNA FINESTRA VISTALAGO

Di Arrigoni Giuseppe ce ne sono tanti a Bellano, un paese del lago di Como. Impossibile conoscerli tutti. Anche nella vita di Eraldo Bonomi, operaio tessile del locale cotonificio, ce ne sono troppi. E sarà proprio un Arrigoni Giuseppe a segnare il suo destino, dove brillano l'amore per la bella Elena e la militanza politica nel PSIUP. Il colpo di fulmine per Elena fa del Bonomi un uomo pericoloso, che sfiora segreti, scopre altarini, esuma scheletri sapientemente nascosti negli armadi di una provincia che sembra monotona, in quei paesi dove l'omonimia può essere fonte di equivoci ma anche, a volte, il viatico verso la libertà.

Andrea Vitali

LA SIGNORINA TECLA MANZI

Siamo negli anni Trenta, all'epoca del fascismo più placido e trionfante. Nella stazione dei Carabinieri di Bellano, sotto gli occhi del carabiniere Locatelli (bergamasco), rivaleggiano il brigadiere Mannu (sardo) e l'appuntato Misfatti (siciliano). Un'anziana signora, «piccola, vestita con un cappotto grigio color topo, una borsetta tenuta con due mani all'altezza dello stomaco», vuole a tutti i costi parlare con il maresciallo Maccadò. La donna – anzi, la signorina Tecla Manzi – è venuta a denunciare un furto improbabile: il quadretto con il Sacro Cuore di Gesù che teneva appeso sopra la testata del letto. Inizia così una strana indagine alla ricerca di un oggetto senza valore, che porta alla luce una trama di fratelli scomparsi e ricomparsi, bancari e usurai, gerarchi fascisti e belle donne, preti e contrabbandieri.

Dal catalogo
Garzanti

Andrea Vitali

LA FIGLIA DEL PODESTÀ

Bellano è in gran subbuglio. Con apposita delibera, Agostino Meccia, l'autorevole podestà della cittadina affacciata sul lago, ha deciso di perseguire un progetto assai moderno e ambizioso: una linea di idrovolanti che collegherà Como, Bellano e Lugano, e darà lustro alla sua amministrazione, attirerà frotte di turisti e farà schiattare d'invidia i comuni limitrofi. Tutto sembra filare liscio, in quel placido e fascistissimo 1931. Anche se c'è un problema: per le casse di un piccolo comune l'investimento sarà enorme, e oltretutto l'idrovolante dovrà essere debitamente collaudato. E poi Renata, la figlia del podestà: fino a ieri era solo una bambina, ora è diventata così strana, non avrà mica qualche nuovo capriccio?

Dal catalogo
Garzanti

Andrea Vitali

OLIVE COMPRESE

Quattro ragazzi di paese, una banda di «imbecilli», stanno mettendo a soqquadro l'intera Bellano. Naturalmente finiscono subito nel mirino del maresciallo Ernesto Maccadò, che avverte le famiglie gettandole nel panico. A far da controcanto, la sorella di uno di loro: la piccola, pallida, tenera Filzina, segretaria perfetta che nel tempo libero si dedica alle opere di carità: ma anche lei, come altre eroine di Vitali, finirà per stupirci.
Tutto intorno si muove come un coro l'intera cittadina: il prevosto e i carabinieri, il podestà e la sua stranita consorte, la filanda con i suoi dirigenti e gli operai. E la Luigina Piovati, meglio nota come l'Uselànda (ovvero l'ornitologa...); Eufrasia Sofistrà, in grado di leggere il destino suo e quello degli altri; e una vecchina svanita come una nuvoletta, che suona al pianoforte l'*Internazionale* mentre il Duce conquista il suo Impero africano...

Dal catalogo
Garzanti

Andrea Vitali

DOPO LUNGA E PENOSA MALATTIA

È la notte del 4 novembre. Il dottor Carlo Lonati viene chiamato per un'urgenza, il paziente lo conosce bene. Attraversa sotto una pioggia micronizzata i cinquecento metri che lo separano dalla casa del notaio Luciano Galimberti, suo antico compagno di bagordi.
Può solo constatarne la morte per infarto.
Ma c'è qualcosa che non lo convince, e nelle ore successive arrivano altri indizi e i sospetti crescono.
Il dottore non può fare a meno di indagare: vuole sapere se il suo vecchio amico è davvero morto per cause naturali. Per farlo, dovrà conquistare la fiducia della moglie e della figlia di Lonati.
E scoprire che la verità si trova forse sull'altra sponda del Lago di Como…

Andrea Vitali

ALMENO IL CAPPELLO

Ad accogliere i viaggiatori che d'estate sbarcano sul molo di Bellano dal traghetto *Savoia*, c'è solo la scalcagnata fanfara guidata dal maestro Zaccaria Vergottini, prima cornetta e direttore. Un organico di otto elementi che fa sfigurare l'intero paese, anche se nel gruppetto svetta il virtuoso del bombardino, Lindo Nasazzi, fresco vedovo alle prese con la giovane e robusta seconda moglie Noemi. Per dare alla città una banda come si deve ci vuole un uomo di polso, un visionario che sappia però districarsi nelle trame e nelle inerzie della politica e della burocrazia. Un insieme di imprevedibili circostanze può forse portare verso Bellano il ragionier Onorato Geminazzi, che vive sull'altra sponda del lago, a Menaggio, e con lui la speranza di fondare finalmente il Corpo Musicale Bellanese.

Finito di stampare nel mese di novembre 2009
da Grafica Veneta s.p.a., Trebaseleghe (PD)